Analyse de l'œuvre

Par Dominique Coutant-Defer
et Tina Van Roeyen

L'amour dure trois ans

de Frédéric Beigbeder

Rendez-vous sur lepetitlitteraire.fr et découvrez :

Plus de 1200 analyses
Claires et synthétiques
Téléchargeables en 30 secondes
À imprimer chez soi

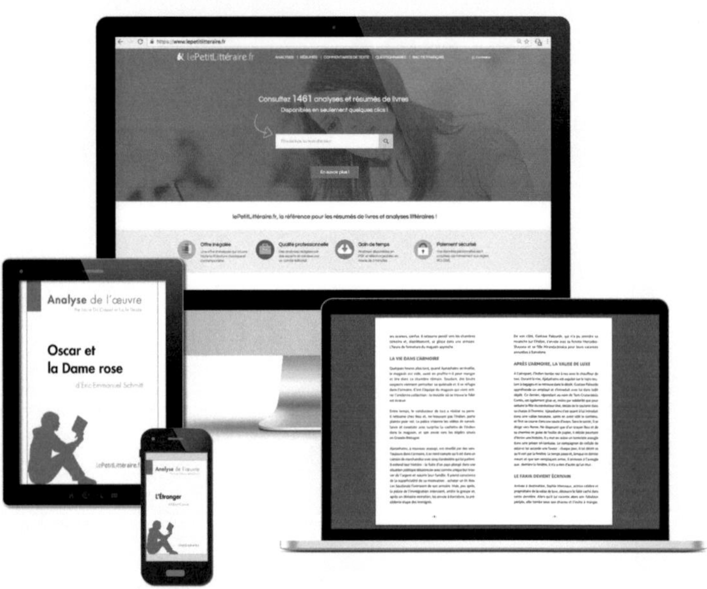

FRÉDÉRIC BEIGBEDER

ÉCRIVAIN FRANÇAIS

- **Né en 1965 à Neuilly-sur-Seine (Hauts-de-Seine)**
- **Quelques-unes de ses œuvres** :
  - *Mémoires d'un jeune homme dérangé* (1990), roman
  - *99 francs* (2000), roman
  - *Un roman français* (2009), roman

Frédéric Beigbeder est un écrivain français touche-à-tout. Tour à tour publicitaire, éditeur, critique littéraire, auteur et chroniqueur pour la télévision, il crée en 1994 le prix de Flore qui récompense chaque année un jeune auteur au talent prometteur. Il est aussi codirecteur de rédaction du magazine *Lui* depuis 2013. Dandy controversé, Frédéric Beigbeder est un personnage extravagant, volontiers provocateur.

L'écrivain signe son plus grand succès en 2000 avec la sortie du roman satirique *99 francs*, qui sera adapté en 2007 au cinéma par Jan Kounen (réalisateur, producteur et scénariste français, né en 1964). Il reçoit par ailleurs le prix Interallié pour *Windows on the World* (2003) et le prix Renaudot pour *Un roman français* (2009).

L'AMOUR DURE TROIS ANS

LES INTERMITTENCES CONTEMPORAINES DU CŒUR

- **Genre** : roman
- **Édition de référence** : *L'amour dure trois ans*, Paris, Gallimard, coll. « Folio », 1997, 232 p.
- **1re édition** : 1997
- **Thématiques** : amour, mariage, passion, ennui, divorce, trahison, bonheur, relations.

L'amour dure trois ans est un roman largement autobiographique qui clôt la trilogie consacrée au personnage de Marc Marronnier, débutée avec *Mémoires d'un jeune homme dérangé* et continuée avec *Vacances dans le coma* (1994).

Le narrateur, un jeune noctambule parisien, y raconte son mariage, son divorce et sa nouvelle histoire sentimentale. Convaincu de la nature éphémère de l'amour, Marc Marronnier ne cesse pourtant d'y prétendre, tout en alignant à ce sujet des réflexions philosophiques particulièrement désenchantées et ironiques.

Ce roman a été porté à l'écran en 2012 par l'écrivain lui-même.

RÉSUMÉ

Le roman ne présente pas une narration chronologique, mais joue au contraire sur des *flashbacks* qui dynamisent l'évolution du récit. Pour plus de facilité, nous avons choisi de subdiviser le résumé en deux parties : la première retracera l'histoire d'amour du protagoniste avec Anne, tandis que la seconde relatera son aventure avec Alice.

MARIAGE

L'auteur prévient le lecteur qu'il a décidé, exceptionnellement, d'être le personnage principal de son roman et qu'il se fera appeler Marc Marronnier. Ses ouvrages sont d'habitude légers et ont pour cadre les endroits branchés de la capitale. Mais aujourd'hui, il va s'ouvrir un peu plus : « Je n'ai jamais mis les pieds à Sarajevo [Bosnie-Herzégovine] et [...] le truc le plus douloureux qui m'était arrivé ces derniers temps, c'était de ne pas avoir été invité au défilé de John Galliano [styliste britannique, né en 1960]. » (p. 22)

Marc Marronnier se présente : il est né dans un milieu social aisé, a fait ses études dans un grand lycée parisien et se dit snob. Il travaille dans la publicité et a épousé Anne par amour, mais leur couple a vite décliné, pris dans l'engrenage de ce que Marc nomme le « Devoir Conjugal » (p. 102). Plus tard, il se rend compte qu'il ne s'est marié que pour correspondre à une norme bourgeoise qui, selon lui, n'a jamais été aussi contraignante.

Pour combler l'ennui, il a eu une liaison avec une autre femme mariée, Alice, l'amie d'une de ses cousines, rencontrée lors de l'enterrement de sa grand-mère. Sa femme l'a compris lorsqu'elle a découvert une photo d'Alice dans le sac de son mari alors qu'ils étaient en voyage à Rio de Janeiro (Brésil). Suite à cela, Anne a demandé le divorce, et le narrateur, profondément ému par la souffrance de sa femme, a été brisé. Il se demande pourquoi les divorces sont toujours solitaires alors que les mariages rassemblent tant de monde.

Ce roman est l'occasion pour Beigbeder de parler de ses histoires d'amour et de partager avec le lecteur la conception qu'il se fait de ce sentiment. Selon lui, « [c']est un combat perdu d'avance » (p. 15) parce qu'il ne dure que trois ans alors qu'un complot universel veut faire croire qu'il est éternel. Au cours des trois années que dure un mariage, le couple passe par trois périodes : l'amour fou, la tendresse et, finalement, le désamour ou l'ennui. C'est du moins ce qu'il retient de son premier mariage.

Pour lui, l'amour repose en fait sur une poussée éphémère d'hormones. Les statistiques prouvent que la plupart des divorces ont lieu dès la quatrième année de mariage, après la fin du cycle « Passion-Tendresse-Ennui » (p. 29). Il considère que les couples se marient trop vite (« On se marie comme on va au Mac Do. Après on zappe », p. 51) et reconnait par ailleurs la nature polygame des hommes.

Depuis, il se considère comme un mort-vivant : il n'a jamais trouvé le bonheur, vit comme un somnambule et boit trop d'alcool. Sa vie est faite d'excès. Il a, par exemple, fêté son divorce en faisant la tournée des boites de nuit parisiennes

– où il connait tout le monde –, en faisant l'amour avec deux filles qu'il a payées puis en snifant un peu de cocaïne retrouvée au fond d'une poche.

Il avoue également que la phase « tendresse » de l'amour l'ennuie et que seule la passion l'intéresse. Dépressif, il prend des médicaments et se pend avec une de ses cravates anglaises, réputées pour leur solidité. Mais il est réveillé par la femme de ménage qui veut passer l'aspirateur. Rater ses suicides est le signe qu'on vieillit, décrète-t-il.

AVENTURE EXTRACONJUGALE

Alice, la nouvelle conquête de Marc Marronnier, est toujours mariée à Antoine et refuse de divorcer. Elle s'est toutefois laissé séduire par le narrateur qui la prévient pourtant, au début de leur liaison, que « l'amour dure trois ans ».

Avec elle, il redécouvre et l'amour et les joies du sexe. « Je ne vois pas pourquoi seuls les vieillards auraient le droit d'être libidineux » (p. 105), dit-il. Il est cependant peiné de constater que son histoire avec elle ne fait que remplacer celle avec Anne, comme s'il s'agissait de vases communicants. Il se compare au *Sisyphe* (1942) de Camus (écrivain français, 1913-1960), cette figure mythologique condamnée à pousser éternellement sur la pente d'une montagne un énorme rocher qui finit toujours par retomber avant d'atteindre le sommet.

Alice le quitte quelque temps pour tenter de sauver son couple. Le narrateur se met alors à boire et cite la catastrophe d'Hiroshima (le 6 aout 1945) pour qualifier son état d'esprit. Il lui écrit de nombreuses lettres enflammées, mais n'obtient pas de réponse. Chargé par son agence publicitaire de trouver un slogan pour le parfum « Hypnose » de David Copperfield (prestidigitateur américain, né en 1956), il finit par trouver, au bout de plusieurs semaines : « *Hypnose* de Copperfield. Sinon, l'amour dure trois ans. » (p. 140)

L'un de ses amis, à qui il a raconté son divorce et sa liaison, tente de le consoler en lui disant que même si l'amour ne durait que trois jours, ce serait amplement suffisant et qu'ensuite, il faut juste apprendre à aimer l'ennui.

Il tente alors de renouer avec son ex-femme et imagine une scène romantique qui n'a pas lieu, car Anne lui annonce qu'elle l'a déjà remplacé. Il apprend également que le couple d'Alice et d'Antoine ne s'est pas reformé. Le narrateur écrit alors une longue lettre à cette dernière où il aligne avec ferveur tous les poncifs de la correspondance amoureuse. « Quand on aime, on finit toujours par se prendre pour Albert Cohen [écrivain suisse de langue française, 1895-1981] » (p. 166), remarque-t-il.

À la fin du roman, on retrouve Marc avec Alice et Jean-Georges, son meilleur ami, aux Baléares. L'anniversaire de leurs trois ans approche : « Dans une semaine, cela fera trois ans que je vis avec Alice. » (p. 174) Cela l'angoisse au point qu'il tient un décompte : J-7, J-6, J-5, etc. tout en continuant à écrire son histoire. Il finit par tromper Alice avec Matilda, une serveuse qui lui ressemble, mais souhaite par-dessus tout passer le cap fatidique des trois ans. Il espère que son malheur passé lui fera apprécier le bonheur au jour le jour et que le titre de son livre (celui que Marc écrit, qui est le même que celui que nous lisons) est mensonger. Il demande alors Alice en mariage, mais celle-ci refuse. Cela ne les empêche pas de fêter dans l'allégresse leurs trois ans de vie commune. « J'ai regardé ma montre : il était 23h59. Encore soixante secondes et nous serions fixés », conclut le narrateur.

ÉTUDE DES PERSONNAGES

MARC MARRONNIER

Marc Marronnier est le personnage principal et le narrateur de l'histoire. Né dans un milieu aisé, la trentaine, grand brun et bon vivant, il réside à Paris avec son épouse Anne et travaille dans la publicité avant de devenir écrivain.

Dès l'incipit, il expose au lecteur ses théories pessimistes sur l'amour (« L'amour est un combat perdu d'avance », p. 15) et sur sa prétendue date de péremption reprise dans le titre de l'ouvrage : quoi qu'on fasse, l'amour ne dure que trois ans.

Suite à un adultère, sa femme le quitte et on le voit fêter son divorce dans les boites de nuit parisiennes et conduire ivre.

Solitaire et sarcastique, il est plein de paradoxes : il ne s'est marié que par convention (« Le mariage est une gigantesque machination, une escroquerie infernale, un mensonge organisé », p. 37 ; « Notre génération est trop superficielle pour le mariage », p. 51) et exerce un métier qui rend « schizophrène » (p. 68). Avec le temps, il serait même devenu « une caricature de lui-même » (p. 19), se devant de jouer un rôle qui corresponde mieux à une image de fêtard et, à l'occasion, de toxicomane : « Cela le fatigue d'avoir à prouver qu'il est gentil et profond, alors il joue les méchants superficiels, en adoptant ce comportement désordonné, voire affligeant. » (*ibid.*)

Au début du livre, il se décrit comme un triste sire. Après son divorce et avant que sa relation avec Alice ne démarre pour de bon, il tente même de se suicider, sans succès. Malgré sa conviction qu'il n'y a pas d'amour heureux, Marc est malgré tout tombé à nouveau éperdument amoureux d'Alice. Jusqu'à leur troisième anniversaire, il vivra dans la crainte quasi maniaque de la fin de leur relation.

Il est difficile de saisir l'évolution de Marc si l'on ne se pose pas au préalable la question de sa sincérité initiale. Tout porte à croire qu'avec le temps, il semble s'assagir. Ainsi, dans la deuxième partie du livre, il plaque tout et part à Formentera (ile de l'archipel espagnol des Baléares) afin de fuir la vie *bling-bling* de la capitale française. Sur l'ile, entre deux cocktails et une plongée dans la mer Méditerranée, il pose un geste radical : il retire sa montre, voulant laisser à l'amour une chance de s'épanouir hors du temps.

Marc Marronnier demeure un héros négatif, dépressif, angoissé, suicidaire, cynique, ironique, manichéen (qui apprécie les choses selon les principes absolus du bien et du mal, sans nuances et sans état intermédiaire), en éternelle recherche d'excuses. Ce qui le rend, par contre, sympathique, c'est sa faculté d'autodérision : « Je me suis rendu compte que j'aurais mieux fait de fermer ma gueule avec mes théories à la con. » (p. 93)

Malgré ses maximes et réflexions, il est plus proche de Pénélope (dans la mythologie grecque, épouse d'Ulysse, connue pour ses ruses) défaisant la nuit la toile qu'elle tisse le jour, que d'un philosophe des temps modernes. Ainsi, après avoir claironné pendant tout le roman que l'amour ne dure que trois ans, le narrateur surprend le lecteur en réfutant sa propre thèse : « Bien sûr que l'amour ne dure pas trois ans. » (p. 188)

ANNE

Anne est l'épouse de Marc. Elle est blonde, ressemble à une « aristochatte de porcelaine » (p. 50) et est, selon le narrateur, d'une beauté trop lumineuse et marquée pour être heureuse. Son mariage s'enlise vite dans les contraintes quotidiennes et les obligations familiales. Elle demande le divorce lorsqu'elle s'aperçoit que son mari la trompe. Elle souffre beaucoup de la situation dans un premier temps, puis se lie à un homme plus âgé qu'elle.

ALICE

Alice est la maitresse de Marc Marronnier. Le narrateur en est fou dès qu'il l'aperçoit pour la première fois : grande, brune, « son visage [est] d'une pureté que [dément] son corps sensuel » (p. 75). Elle est mariée à Antoine et refuse longtemps de quitter ce dernier, effrayée par la fougue du narrateur. Mais, tout en refusant de l'épouser, elle finit par céder et vit avec lui une passion de trois ans dont on ne sait, à la fin du roman, si elle se poursuivra ou non.

JEAN-GEORGES

Jean-Georges est un autre Parisien mondain et l'unique ami du narrateur. À la fin de l'histoire, il se retrouve avec Marronnier à Formentera. Tous deux draguent Matilda, la serveuse. Les deux hommes, complices, « ref[ont] le monde » (p. 176). Également blasé par la vie, Jean-Georges est néanmoins beaucoup plus nuancé et posé que Marc envers lequel il reste toutefois particulièrement bienveillant. Interrogé sur la durée de vie de l'amour, il répond :

> « Non mon toutou. L'amour dure le temps qu'il doit durer, ça m'est égal. Mais si tu veux qu'il dure, je crois qu'il faut apprendre à s'ennuyer bien. Il faut trouver la personne avec qui l'on a envie de s'emmerder. Puisque la passion éternelle n'existe pas, recherchons au moins un ennui agréable. » (p. 150-151)

CLÉS DE LECTURE

AUTOBIOGRAPHIE ET FICTION

Dès que le personnage principal d'un roman partage des traits avec son auteur, il est légitime d'interroger les rapports qui se nouent au sein de l'œuvre entre la fiction et la réalité. Mais, partant de ce constat, à quel genre rapporter *L'amour dure trois ans* ? L'autobiographie, l'autofiction ou le roman autobiographique ? Les frontières sont en effet poreuses, au point que les spécialistes de ces questions ne sont pas toujours d'accord sur les définitions à réserver à ces différentes catégories.

De nombreux recoupements se laissent tout d'abord constater entre Marc Marronnier et son auteur : tous deux sont divorcés, écrivent un livre (dont le titre est identique) et exercent le même métier. En plein récit, le romancier va même jusqu'à usurper l'identité du narrateur ainsi que celle, accessoirement, du personnage principal (« Bonjour à tous, ici l'auteur », p. 22).

Quand une traversée individuelle de l'écrivain est ainsi mise en avant, cela peut suggérer une autobiographie, genre dont la naissance effective remonte aux années 1782-1789, au moment de la parution des *Confessions* de Jean-Jacques Rousseau (écrivain et philosophe de langue française, 1712-1778), avec leur célèbre incipit : « Je veux montrer à mes semblables un homme dans toute la vérité de la nature ; et cet homme sera moi. » (cité par ETERSTEIN C., *La littérature française de A à Z*, Paris, Hatier, 2011, p. 37)

Ceci étant, si l'on admet la définition de l'autobiographie qu'a proposée le spécialiste du genre, Philippe Lejeune (universitaire français, né en 1938), repérer des recoupements et reconnaitre une trajectoire similaire entre un auteur et son personnage ne suffit pas pour ranger le récit de Beigbeder dans le genre de l'autobiographie.

En effet, si l'autobiographie est bien un « récit rétrospectif en prose qu'une personne réelle fait de sa propre existence, lorsqu'elle met l'accent sur sa vie individuelle, en particulier sur l'histoire de sa personnalité » (LEJEUNE P., *Le pacte autobiographique*, Paris, Seuil, 1996, p. 14), cela suppose qu'on retrouve, dans un récit autobiographique, la superposition parfaite des trois identités de l'auteur, du narrateur et du personnage principal (*ibid.*, p. 15). Cette superposition se manifeste dans le partage d'un même nom propre, commun à ces trois instances que sont l'auteur, le narrateur et le personnage principal. Le partage du nom vaut également comme une signature du contrat implicite qui lie l'auteur à son lecteur : celui de dire la vérité sur sa propre vie, d'être sincère, de refuser tout mensonge.

Par conséquent, puisqu'ils ne partagent pas même le nom, Marc Marronnier n'est pas le vrai Frédéric Beigbeder.

En outre, sur la couverture de l'ouvrage, l'auteur et l'éditeur n'ont pas indiqué « autobiographie », mais ont choisi et assumé la mention « roman ». Si, en plus de cette mention, le lecteur avait retrouvé une identité nominale entre l'auteur, son personnage et le narrateur, ainsi qu'un engagement à dire toute la vérité, le roman de Beigbeder aurait pu prétendre au genre de l'autofiction, que l'on doit à Serge

Doubrovsky (critique et romancier français, 1928-2017). Ce dernier avait, en effet, dans son roman *Fils* (1977), fait valoir la forme narrative de la fiction comme condition de possibilité d'une autobiographie véridique.

C'est pourquoi le genre dont se rapproche le plus le roman de Beigbeder est celui du « roman autobiographique ». Dans ce dernier, et toujours selon Lejeune, « le lecteur peut avoir des raisons de soupçonner, à partir des ressemblances qu'il croit deviner, qu'il y ait identité de l'auteur et du personnage, alors que l'auteur, lui, a choisi de nier cette identité, ou du moins de ne pas l'affirmer » (*ibid.*, p. 25).

Mais, en définitive, ce qui compte plus que ces essais de catégorisation savante, c'est l'intention de l'auteur. Beigbeder est un *self-made-man* qui aime se donner en spectacle. Dans sa trilogie susmentionnée, largement inspirée de son propre vécu où il jongle délibérément avec son identité, on peut parler de véritable stratégie identitaire, c'est-à-dire une façon consciente de se forger une place originale dans la société et de se créer un double narcissique qui incarne peut-être les tourments de l'auteur. Quoi qu'il en soit du genre de ce roman, le brouillage de pistes contribue à créer son propre mythe.

LE ROMAN D'UNE ÉPOQUE

Récit d'un homme pressé

L'amour dure trois ans reflète parfaitement le climat superficiel de notre époque. Les évènements se déroulent dans le cadre de la société de consommation à laquelle le narrateur semble s'accommoder parfaitement. Travaillant dans le secteur de la publicité, il se doit même d'encourager cette tendance consumériste. Le monde de Beigbeder est un monde de marchandises et de trophées.

L'écriture de l'auteur se calque sur cet aspect dominant de la société : les phrases sont courtes (ainsi que les chapitres) et souvent aussi lapidaires et percutantes que les slogans publicitaires que le narrateur est chargé d'inventer. Les aphorismes (phrases courtes formulant une vérité) sur l'amour font parfois figure de réclame : « Le mariage, c'est du caviar à tous les repas » (p. 52) ou « L'amour est source de problèmes respiratoires » (p. 108). De même, certaines assertions jouent sur les mots et leurs sonorités, procédé typique du discours publicitaire : « Et si l'adultère m'avait rendu adulte ? » (p. 44)

La vitesse qui caractérise cette époque et qui accompagne chaque geste, chaque comportement ou chaque décision est par ailleurs illustrée par le rythme souvent très rapide des phrases et la ponctuation abondante qui les saccade. Enfin, le langage des personnages renforce encore l'effet de réel par son caractère vif et spontané (« Il crève de trouille, c'est mignon, il rougit, il transpire, il bégaye », p. 38 ; « [...] une interminable liste d'obligations vont leur tomber dessus, dîners et déjeuners de famille, plans de table, essayages de la robe, engueulades [...] tenez-vous droit, souriez, souriez, c'est un cauchemar sans fin », *ibid.*).

Les progrès technologiques de l'époque constituent également un élément clé du récit. Ainsi, quand le narrateur, encore marié, souhaite donner rendez-vous à Alice, c'est par l'intermédiaire des deux dernières inventions de France Telecom : le Bi-Bop (premier téléphone portable en France, 1991-1997) et le « 36 72 » (la messagerie vocale).

Enfin, Frédéric Beigbeder ausculte les comportements mentaux de l'époque dans laquelle il vit. Ainsi, il ne manque pas de signaler avec humour la réaction de ses parents, nourris à la psychanalyse des années soixante-dix, lorsqu'il leur annonce son divorce : « Mes parents sont persuadés que tout est de leur faute. Ils sont beaucoup plus inquiets que moi. » (p. 129) Mais il sait aussi que cette société qu'il fréquente, qui consomme à tout va, est profondément immorale et il s'en écarte sans regret au moment de sa séparation amoureuse.

Paradoxes contemporains

À l'instar de son personnage principal, à la fois superficiel et en recherche d'absolu, désabusé et attiré par la société de consommation, le roman semble être bâti sur des paradoxes qui ne sont rien d'autre que des symptômes d'une société tiraillée entre l'« être » et l'« apparence », autrement dit, entre l'aspiration à une vie autre et les dictats de la société de consommation.

Mondain, Marc lutte pour trouver sa propre voie, car il veut être conformiste et anticonformiste en même temps : « On dit souvent qu'"il faut sauver les apparences". Moi je dis qu'il faut les assassiner, car c'est le seul moyen d'être sauvé » (p. 23) ; « À défaut d'être au-dessus de tout le monde, on veut être comme tout le monde, par peur d'être en dessous. » (p. 48)

Marc veut réussir, être reconnu, embrasser le mode de vie de la société capitaliste moderne, et en même temps, il n'accorde aucun crédit à ce mode de vie dont il connait la nature vaine et futile. En outre, le fait est que l'anticonformisme, le comportement *borderline* semble être devenu la norme, la mode, le conformisme absolu.

Ce tiraillement se traduit dans le roman par une présentation constamment binaire des thématiques : à la vie intense s'oppose le suicide, à la foule s'oppose la solitude, à la vie urbaine s'oppose la vie simple sur l'ile. Ce caractère dual, Marc l'a complètement intériorisé, lui qui ne peut concevoir l'amour autrement qu'en opposition au mariage, le bonheur au plaisir, la passion à la tendresse ou à l'ennui. Voilà pourquoi il est constamment plongé dans l'inconfort et l'incertitude : il divorce d'Anne, mais cherche à la revoir, il aime Alice, mais la trompe, il redoute l'engagement, mais demande Alice en mariage, etc.

Face au cynisme de Marc, les personnages féminins ne sont pas en reste et excellent, eux aussi, dans l'art de la formule : « Je préfère un vieux beau rassurant à un jeune moche névrosé » rétorque Anne (p. 99), tandis qu'Alice sonne comme Marc lorsqu'elle énonce le paradoxe qui les tenaille : « Notre amour est beau, car il est impossible [...]. Le jour où je serai disponible, tu ne seras plus amoureux de moi. » (p. 122)

Pour le personnage principal, rencontrer et commencer une relation avec Alice signifie lancer un compte à rebours. Serait-il possible qu'il saccage son bonheur avant même de lui donner une chance de se déployer ?

La question qui s'impose à Marc Marronnier est, du coup, la suivante : la relation amoureuse, est-elle un produit comme un autre ?

L'obsession contemporaine du temps

Dans la société de consommation telle que la présente Marc Marronnier, le temps joue un rôle essentiel. Notre personnage est, en effet, littéralement obsédé par le temps, non seulement par la « date limite de fraîcheur » (p. 27) de l'amour – l'amour semble un produit comme un autre pour Marc, face auquel il adopte le réflexe du consommateur qui s'inquiète de l'obsolescence programmée –, mais aussi, par extension, de sa propre vie, sur laquelle il n'arrête pas de faire le point.

C'est que la société de consommation est régie par un double impératif, de vitesse et d'intensité, qui font du temps de la vie un marché à investir et à rentabiliser au maximum. Ainsi Marc mentionne-t-il son âge (30 ans) à maintes reprises en donnant plusieurs détails autour de sa naissance (début du chapitre V). Accessoirement, il revient sur d'autres moments de sa vie, mais toujours de façon très précise (« À vingt ans j'étais encore capable... », p. 119), ce qui ne fait que confirmer sa tendance hyperanalytique.

À ce propos, on ne peut manquer d'observer une certaine « contradiction » entre la vitesse effrénée du roman et l'introspection, l'analyse à laquelle se livre le personnage, qui prend le temps de revenir sur le passé et de réfléchir à sa propre personne.

D'un autre côté, la référence à Sisyphe, le héros mythique de l'absurde, symbolise la circularité, une répétitivité du temps, vaine et inutile. C'est ce que constate Marc lui-même : « Dans le premier [roman de la trilogie], je tombais amoureux ; dans le second, je me mariais ; dans le troisième, je divorce et retombe amoureux. La boucle est bouclée. » (p. 172) Plus loin, il doute encore de lui : « Referais-je les mêmes erreurs ? N'étais-je qu'un romantique cyclique ? » (p. 175)

Mentionnons par ailleurs que la forme même de l'écriture est basée sur des *flashbacks*. Outre le titre dans lequel s'inscrit la temporalité, le récit en entier semble entièrement aux prises avec le temps (l'impératif de vitesse, l'alternance de la description et de la réflexion, l'obsession de vouloir fixer dans le temps la durée de vie d'une relation ou de donner une date limite de consommation à la passion amoureuse, etc.) et finit sur un champ lexical et sémantique du temps qui fuit, de la désillusion et de la péremption. Citons Marc : « Un moustique dure une journée, une rose trois jours. Un chat dure treize ans, l'amour trois. C'est comme ça. » (p. 27) Un ami rencontré dans la rue rajoute, ironiquement que « l'herpès dure toute la vie » (p. 83).

Le seul évènement qui aurait pu contrecarrer ce sentiment d'être en permanence sous le joug du temps est l'amour, dans lequel on peut facilement se perdre. Au retour de son premier weekend à Rome avec Alice, le narrateur donne l'impression au lecteur de l'avoir compris. Toutefois, immédiatement, l'obsession du temps reprend le dessus : « Je t'adore, mon amour, dit Marc à Alice à la fin de leur escapade… avant de se reprendre immédiatement, quel jour sommes-nous ? » (p. 168)

Une série de clichés

Au sein de cette société de nantis, le narrateur évolue comme un poisson dans l'eau et fréquente uniquement les endroits à la mode de l'époque, comme s'il suivait un parcours balisé. Le récit s'ouvre d'ailleurs sur l'énumération des boites de nuit où il se doit de fêter son divorce : « [...] cinq endroits en une soirée (Castel, Buddha, Bus, Cabaret, Queen) » (p. 17). Le personnage donne ses rendez-vous et rencontre ses amis aux bars des grands hôtels, emménage avec Alice rue Mazarine, fréquente durant l'été *La Voile rouge* à Saint-Tropez et le Palace Hôtel de Gstaad (canton de Berne, Suisse) en hiver.

Lorsqu'il emmène Anne en voyage, c'est à Rio de Janeiro, et c'est dans les hauts lieux de Rome (qu'ils visitent en Vespa) qu'il conquiert enfin Alice : « Nous avons pris le premier avion pour Rome, bien sûr, où d'autre aller, Hôtel d'Angleterre, Piazza Navona, Fontaine de Trevi. » (p. 166) Le roman se termine sur une ile des Baléares, Formentera, que le narrateur présente comme un petit paradis sur terre.

UN HÉROS DÉSENCHANTÉ

De même qu'il se conforme à ces clichés touristiques, le personnage principal calque sa manière d'être et son mode de vie sur les codes de conduite propres à sa classe bourgeoise.

Son alcoolisme mondain, sa pratique occasionnelle des drogues et de l'échangisme, ses nombreuses aventures féminines et sa vie essentiellement noctambule semblent lui être imposés par un modèle préétabli. D'ailleurs, tous ses amis, qui fréquentent les mêmes endroits que lui, ont les mêmes comportements. Même sa dépression nerveuse parait teintée de complaisance, car être dépressif est certainement à la mode. Il restitue, non sans humour, les salutations habituelles qu'il échange avec un ami : « Salut, ça va ? Non, et toi ? Non plus. Bon, alors, à bientôt. » (p. 83) Il insiste d'ailleurs sur l'hypocrisie de ses amis, attitude qu'il connait bien, puisqu'il la pratiquait également.

Il cite, toujours fort à propos, les grands écrivains ou philosophes tels que Nietzsche (philosophe allemand, 1844-1900), Drieu La Rochelle (écrivain français, 1893-1945), Buzzati (écrivain, journaliste et peintre italien, 1906-1972) ou Camus (écrivain français, 1913-1960), en puisant dans sa vaste culture. Il se déplace en scooteur, qu'il s'applique à conduire ivre.

Le héros prend toutefois conscience de la superficialité de son mode de vie, après que le grain de sable de son divorce a enrayé le mécanisme bien huilé de son existence : « Le divorce est un dépucelage mental » (p. 44), remarque-t-il.

Il se définit alors comme « un mort-vivant des beaux quartiers » (p. 108) ou encore comme « une huitre peinarde dans son confort hermétiquement clos » (p. 81).

Conscient qu'il était jusqu'à présent « sur pilotage automatique » (p. 47), le narrateur se réveille brutalement et offre du même coup au lecteur des passages, souvent fort drôles, de cynisme, d'humour noir et d'autodérision.

UN TRAITÉ CONTEMPORAIN SUR L'AMOUR ?

Une vision amère de l'amour

Le titre de l'ouvrage annonce d'emblée le pessimisme du propos, la conception cynique et désabusée que le narrateur nourrit sur les relations amoureuses. Sincèrement amoureux de sa première femme, le narrateur voudrait croire à cet amour éternel, mais force est de constater que l'amour ne dure pas.

Il expose alors sa théorie de manière scientifique et analytique, un peu comme s'il lisait les composantes d'un pot de yaourt : la phase passionnelle de l'amour, la seule qui l'intéresse vraiment, est en fait la simple résultante d'un processus hormonal, d'une poussée chimique de dopamine, de noradrénaline, de prolactine, etc., et n'est malheureusement qu'éphémère. Un complot social se trame alors pour faire croire à la pérennité du sentiment amoureux et l'institution du mariage entérine davantage encore ce malentendu.

Le narrateur est lui-même tombé dans le piège alors même que les statistiques du divorce sont éloquentes et avérées puisque lui aussi finit par se séparer de sa première épouse, tombant fou amoureux d'une autre femme, d'autant plus attirante qu'elle lui résiste.

Il faudrait ne jamais « décristalliser » dit-il, citant Stendhal (écrivain français, 1783-1842) qui, dans *De l'amour* (1822), nomme « cristallisation » la première phase d'une rencontre où l'autre est inconsciemment paré de tous les attraits qu'on lui prête.

La comédie du romantisme

Le narrateur en devient alors cynique : l'amour n'est en fait qu'un alibi pour avoir une vie sexuelle plus épanouissante. Pourtant, il veut y croire et les dernières pages du roman, qui présentent un angoissant compte à rebours, révèlent clairement le désir du narrateur de voir se prolonger l'état de grâce au-delà des trois années fatidiques.

Pour séduire Alice, il utilise la longue lettre traditionnelle et se répand en stéréotypes amoureux. Il voudrait être Machiavel (homme politique et écrivain italien, 1469-1527) et se conduit comme un adolescent éploré. Il est persuadé que le cynique Valmont, personnage des *Liaisons dangereuses* (1782), le roman épistolaire de Choderlos De Laclos (écrivain français, 1741-1803) « cache un indécrottable romantique qui ne demande qu'à sortir sa mandoline » (p. 142). Tiraillé entre cynisme et romantisme, Marc Marronnier symbolise sans aucun doute la difficulté de vivre une relation amoureuse dans un monde où tout est devenu produit, marchandise.

PISTES DE RÉFLEXION

QUELQUES QUESTIONS POUR APPROFONDIR SA RÉFLEXION...

- En quoi le roman de Frédéric Beigbeder peut-il être considéré comme un roman sociologique ?
- Que pensez-vous de la vision de l'amour exposée dans *L'amour dure trois ans* ? Concevez-vous une vision alternative ? Pourquoi l'amour durerait-il trois ans, et non cinq ou dix ?
- L'auteur fait-il une différence entre « bonheur » et « plaisir » ?
- Pourquoi, d'après vous, le narrateur se contredit-il tout le temps ?
- Que pensez-vous du personnage principal ? Dressez son portrait et exposez les traits de sa personnalité qui vous séduisent ou vous déplaisent. Justifiez votre point de vue.
- En quoi l'écriture du roman est-elle le reflet de son contenu ?
- Plusieurs visions de la femme sont proposées dans le récit. Dressez un tableau des différents types féminins (physiques et psychologiques) présents dans le texte. Que pouvez-vous en déduire quant à leur rôle dans le roman, et quant à la représentation de la femme en général dans l'œuvre de Beigbeder ?
- Comparez l'image de la société moderne présentée dans *L'amour dure trois ans* et celle de *99 francs*.

- En quoi le personnage principal peut-il effectivement, sous certains aspects, être rapproché du personnage de Valmont des *Liaisons dangereuses* de Choderlos de Laclos, auquel il est fait référence dans le texte ?
- Relevez la liste des écrivains et des œuvres cités par le narrateur. L'auteur les mentionne-t-il par hasard ? Ont-ils un point commun selon vous ? Si oui, lequel ? En quoi servent-ils la narration ?

Votre avis nous intéresse !
Laissez un commentaire sur le site de votre librairie en ligne
et partagez vos coups de cœur sur les réseaux sociaux !

POUR ALLER PLUS LOIN

ÉDITION DE RÉFÉRENCE

- BEIGBEDER F., *L'amour dure trois ans*, Paris, Gallimard, coll. « Folio », 1997.

ÉTUDES DE RÉFÉRENCE

- LEJEUNE P., *Le pacte autobiographique*, Paris, Seuil, 1996.
- ETERSTEIN C., *La littérature française de A à Z*, Paris, Hatier, 2011.
- CAMILLERI C. *et al.*, *Stratégies identitaires*, Paris, PUF, 1990.

ADAPTATION

- *L'amour dure trois ans*, film de Frédéric Beigbeder, avec Gaspard Proust, Louise Bourgoin et JoeyStarr, France, 2012.

SUR LEPETITLITTÉRAIRE.FR

- Fiche de lecture sur *Un roman français* de Frédéric Beigbeder.

Retrouvez notre offre complète sur lePetitLittéraire.fr

- des fiches de lectures
- des commentaires littéraires
- des questionnaires de lecture
- des résumés

ANOUILH
- Antigone

AUSTEN
- Orgueil et Préjugés

BALZAC
- Eugénie Grandet
- Le Père Goriot
- Illusions perdues

BARJAVEL
- La Nuit des temps

BEAUMARCHAIS
- Le Mariage de Figaro

BECKETT
- En attendant Godot

BRETON
- Nadja

CAMUS
- La Peste
- Les Justes
- L'Étranger

CARRÈRE
- Limonov

CÉLINE
- Voyage au bout de la nuit

CERVANTÈS
- Don Quichotte de la Manche

CHATEAUBRIAND
- Mémoires d'outre-tombe

CHODERLOS DE LACLOS
- Les Liaisons dangereuses

CHRÉTIEN DE TROYES
- Yvain ou le Chevalier au lion

CHRISTIE
- Dix Petits Nègres

CLAUDEL
- La Petite Fille de Monsieur Linh
- Le Rapport de Brodeck

COELHO
- L'Alchimiste

CONAN DOYLE
- Le Chien des Baskerville

DAI SIJIE
- Balzac et la Petite Tailleuse chinoise

DE GAULLE
- Mémoires de guerre III. Le Salut. 1944-1946

DE VIGAN
- No et moi

DICKER
- La Vérité sur l'affaire Harry Quebert

DIDEROT
- Supplément au Voyage de Bougainville

DUMAS
- Les Trois
  Mousquetaires

ÉNARD
- Parlez-leur
  de batailles,
  de rois et
  d'éléphants

FERRARI
- Le Sermon sur la
  chute de Rome

FLAUBERT
- Madame Bovary

FRANK
- Journal
  d'Anne Frank

FRED VARGAS
- Pars vite et
  reviens tard

GARY
- La Vie devant soi

GAUDÉ
- La Mort du
  roi Tsongor
- Le Soleil des
  Scorta

GAUTIER
- La Morte
  amoureuse
- Le Capitaine
  Fracasse

GAVALDA
- 35 kilos d'espoir

GIDE
- Les
  Faux-Monnayeurs

GIONO
- Le Grand
  Troupeau
- Le Hussard
  sur le toit

GIRAUDOUX
- La guerre de
  Troie
  n'aura pas lieu

GOLDING
- Sa Majesté des
  Mouches

GRIMBERT
- Un secret

HEMINGWAY
- Le Vieil Homme
  et la Mer

HESSEL
- Indignez-vous !

HOMÈRE
- L'Odyssée

HUGO
- Le Dernier Jour
  d'un condamné
- Les Misérables
- Notre-Dame
  de Paris

HUXLEY
- Le Meilleur
  des mondes

IONESCO
- Rhinocéros
- La Cantatrice
  chauve

JARY
- Ubu roi

JENNI
- L'Art français
  de la guerre

JOFFO
- Un sac de billes

KAFKA
- La Métamorphose

KEROUAC
- Sur la route

KESSEL
- Le Lion

LARSSON
- Millenium 1. Les
  hommes qui
  n'aimaient pas
  les femmes

LE CLÉZIO
- Mondo

LEVI
- Si c'est un
  homme

LEVY
- Et si c'était vrai…

MAALOUF
- Léon l'Africain

MALRAUX
- La Condition humaine

MARIVAUX
- La Double Inconstance
- Le Jeu de l'amour et du hasard

MARTINEZ
- Du domaine des murmures

MAUPASSANT
- Boule de suif
- Le Horla
- Une vie

MAURIAC
- Le Nœud de vipères

MAURIAC
- Le Sagouin

MÉRIMÉE
- Tamango
- Colomba

MERLE
- La mort est mon métier

MOLIÈRE
- Le Misanthrope
- L'Avare
- Le Bourgeois gentilhomme

MONTAIGNE
- Essais

MORPURGO
- Le Roi Arthur

MUSSET
- Lorenzaccio

MUSSO
- Que serais-je sans toi ?

NOTHOMB
- Stupeur et Tremblements

ORWELL
- La Ferme des animaux
- 1984

PAGNOL
- La Gloire de mon père

PANCOL
- Les Yeux jaunes des crocodiles

PASCAL
- Pensées

PENNAC
- Au bonheur des ogres

POE
- La Chute de la maison Usher

PROUST
- Du côté de chez Swann

QUENEAU
- Zazie dans le métro

QUIGNARD
- Tous les matins du monde

RABELAIS
- Gargantua

RACINE
- Andromaque
- Britannicus
- Phèdre

ROUSSEAU
- Confessions

ROSTAND
- Cyrano de Bergerac

ROWLING
- Harry Potter à l'école des sorciers

SAINT-EXUPÉRY
- Le Petit Prince
- Vol de nuit

SARTRE
- Huis clos
- La Nausée
- Les Mouches

SCHLINK
- Le Liseur

SCHMITT
- La Part de l'autre
- Oscar et la
  Dame rose

SEPULVEDA
- Le Vieux qui
  lisait des romans
  d'amour

SHAKESPEARE
- Roméo et Juliette

SIMENON
- Le Chien jaune

STEEMAN
- L'Assassin
  habite au 21

STEINBECK
- Des souris et
  des hommes

STENDHAL
- Le Rouge et
  le Noir

STEVENSON
- L'Île au trésor

SÜSKIND
- Le Parfum

TOLSTOÏ
- Anna Karénine

TOURNIER
- Vendredi ou
  la Vie sauvage

TOUSSAINT
- Fuir

UHLMAN
- L'Ami retrouvé

VERNE
- Le Tour
  du monde
  en 80 jours
- Vingt mille
  lieues sous
  les mers
- Voyage au
  centre de
  la terre

VIAN
- L'Écume des jours

VOLTAIRE
- Candide

WELLS
- La Guerre des
  mondes

YOURCENAR
- Mémoires
  d'Hadrien

ZOLA
- Au bonheur
  des dames
- L'Assommoir
- Germinal

ZWEIG
- Le Joueur
  d'échecs

ISBN version numérique : 978-2-8062-5160-2
ISBN version papier : 978-2-8062-5205-0
Dépôt légal : D/2017/12603/416

Avec la collaboration de Tina Van Roeyen pour l'analyse des personnages « Marc Marronnier » et « Jean-Georges », ainsi que pour les chapitres « Autobiographie et autofiction », « L'obsession contemporaine du temps » et « Paradoxes contemporains ».

Conception numérique : Primento,
le partenaire numérique des éditeurs.

Ce titre a été réalisé avec le soutien de la Fédération Wallonie-Bruxelles, Service général des Lettres et du Livre.